萨冈作品系列

速回长信

ÉCRIS-MOI
VITE ET
LONGUEMENT

〔法〕弗朗索瓦丝·萨冈 著
段慧敏 译

Françoise Sagan

人民文学出版社
PEOPLE'S LITERATURE PUBLISHING HOUSE

著作权合同登记号 图字 01-2023-3857

图书在版编目 (CIP) 数据

速回长信 / (法) 弗朗索瓦丝·萨冈著 ; 段慧敏译. -- 北京 : 人民文学出版社, 2024
(萨冈作品系列)
ISBN 978-7-02-018653-2

Ⅰ. ①速… Ⅱ. ①弗… ②段… Ⅲ. ①书信集一法国一现代 Ⅳ. ① I565.65

中国国家版本馆 CIP 数据核字 (2024) 第 085550 号

责任编辑 卜艳冰 陶媛媛
装帧设计 钱 珺

出版发行 人民文学出版社
社 址 北京市朝内大街166号
邮政编码 100705

印 刷 山东新华印务有限公司
经 销 全国新华书店等

字 数 22千字
开 本 850毫米×1168毫米 1/32
印 张 3.5 插页 2
版 次 2024年6月北京第1版
印 次 2024年6月第1次印刷

书 号 978-7-02-018653-2
定 价 49.00元

如有印装质量问题，请与本社图书销售中心调换。电话：010-65233595

序　言

弗朗索瓦丝·萨冈写给韦罗妮克·康皮翁的这些书信是令人赞叹的。有如不祥之鸟的记者们会在其他独家新闻或丑闻中挖掘到资料，而我们在追溯这些从未发表过的通信的过程中发现了格外触动心弦的内容：完全真实自然的弗朗索瓦丝，二十岁的弗朗索瓦丝，有欢笑，有烦恼，深谙快乐之道，只想做些傻事。她的第一部小说《你好，忧愁》在全世界获得了成功，她对此毫不在乎，却已开始担心该如何逃离自己的传奇。在给朋友的信中，她写道："萨冈很远。一切都好。"萨冈在她的回忆录中曾说，她把荣耀披作面纱。从萨冈写给青葱伙伴的这些诚挚且温柔的信件中，我们可以看到那个隐藏于面纱之下、跳脱且机智的可爱小人儿跃然纸上。最初的友谊和最初的恋情之间隔着什么？一张烟纸！情感是类似的，冲动是相近的。弗朗索瓦丝寄给韦罗妮克的精彩告白，三次无缘无故的失和与同样干脆爽快的和好如初。弗朗索瓦丝安慰沮丧的韦罗妮克，语句中的潇洒可以让云都变得奇妙："你已经非常努力，假如哪种荒谬的霉运让你考试失利，你父母不会惩罚你，只会安慰你。如果他们不明白要怎么做，我会在《费加罗报》上写一篇文章。"

但是她们之间为什么互称普里克（弗朗索瓦丝）和普罗克（韦罗妮克）？"那是参考了连环画《弗努亚尔家族》作者克里斯托弗的故事，"韦罗妮克·康皮翁用带着某种微笑的声音解释道，"普里克消瘦，普罗克微胖，他们是两个小淘气，做尽了蠢事和糗事，弗朗索瓦丝一定觉得我们与他们很像。您看，我已经八十六岁了，这一切都已经很遥远。"弗朗索瓦丝在信末署名"弗朗索瓦丝·普里克·萨冈"，并以此为乐，甚至会提议："我下本书就署名弗朗索瓦丝·P. 萨冈。大家肯定以为我秘密结婚了，而实际上它的意思是普里克！哈哈哈，我就这么做！"

在朋友的笔下，普罗克还会变成"老伙计"，"那个时候人们都这样叫"，韦罗妮克解释道，或者"薇里诺克”，“像是酒鬼的名字，我们那时候喝很多酒……”一阵沉默。韦罗妮克继续说道：“昵称有很多，安娜贝尔·比费曾被叫做阿尼巴尔，弗朗索瓦丝是琪琪，她小时候家里就这样喊她。我不记得弗洛朗丝·马尔罗有过昵称，可能因为她是最理性的！”

弗朗索瓦丝和韦罗妮克两个人就像是如假包换的调皮的孩子。“我们相识在十六岁，”韦罗妮克·康皮翁说，“我们两个都没有通过一九五一年会考的口语考试。我住在法国北部，到巴黎来参加叫做‘曼特农学校’的会考补习班，就是在那里，我和弗朗索瓦丝成了朋友。她是巴黎人，我是外省人。后来我们在索邦大学注册了预科，弗朗索瓦丝没有通过考试，她似乎已经开始写作，我不记得我自己是否通过了考试，那是太久以前的事情了！”

然而，韦罗妮克记得非常清楚：“她们总是大笑，弗朗索瓦丝活泼、聪明、有趣，和她家里所有人一样。我经常去她家，她的家人非常与众不同。夸雷兹先生是知名人士，夸雷兹夫人出了名地漫不经心，她总是什么都不记得！她不想去理那些无聊事。”就像弗朗索瓦丝？“是的，就是这样！那是一个非常具有讽刺精神的家庭。有些夜晚，他们会大声朗读保罗·布尔热的小说片段，就为了开玩笑！实际上，他们会读普鲁斯特和萨特。他们非常有教养。夸雷兹先生是工程师，他在阿让特伊有一家工厂，工厂里有一个花园，他们每周日都去那里野餐。弗朗索瓦丝的姐姐已经结婚了，我跟她不是很熟悉。她的哥哥游手好闲。”就像您和弗朗索瓦丝？“是的，是有点像，”韦罗妮克回答道，这次她的声音里带着明显的笑意，“我们下午不去上课，而是去酒吧，我们听新奥尔良爵士乐，我们跳舞！”

韦罗妮克·康皮翁把这些通信交给弗朗索瓦丝的儿子德尼斯·韦斯特霍夫的想法是难能可贵的。遗憾的是，德尼斯·韦斯特霍夫在母亲的遗物里没能找到韦罗妮克的回信。但是韦罗妮克并没有因此自命不凡，她是一个审慎的人。当被问起为什么她们的通信终止了，她简单地略过：“我们从没有争吵过，但是弗朗索瓦丝在她人生的某个时期开始经常和上流社会的人物来往。我对此感到厌烦，我们就不再见面了。”

韦罗妮克原本可以给自己一个很好的角色，弗朗索瓦丝给了她最高的赞美：“你是我唯一一个想一直见面的朋友。人们远没有你想象的那么聪明，尤其是，他们的思想从来都不是自由的，你却是个思想自由的人。这是一种强大的力量，我希望你能长时间地保留它。我确实是这样想的，不是在跟你唠叨。我们生活在各种限制中，就连弗兰克也有他的局限。”

就连弗兰克也有他的局限！韦罗妮克没有评论，她重申自己想不起太多了。确实如此，关于这样的情感，她记不清太多：“我目睹了一些非同寻常的事。那种诱惑，那种名望、豪车、金钱、文人……弗朗索瓦丝给我打开了精神世界的大门。确实，把我们联系在一起的是一种精神的自由。我们反对制度，反对宗教，反对政治，反对殖民。我们共同拥有一种反抗精神，但是我们并没有成为政治家！同一种焦虑感也把我们联系起来。正是由于这种焦虑感，弗朗索瓦丝才会重视把每天的日程排满，才会觉得一直有人围在她的身边很重要。若非如此，她会感到厌倦。我觉得对她来说这是一种强劲的原动力，甚至是最重要的原动力。”

韦罗妮克继续读她的社会心理学与人类学专业，

完成了有关达荷美共和国[1]的博士论文，成为一名杰出的社会学家。她在国家科学研究中心担任档案员，出版了多部有关都市传奇、器官盗窃、阴谋论等主题的著作。弗朗索瓦丝成了萨冈。这些信件让我们发现了一段令人感动的友谊，同时也像作家日记一样，带着焦虑感，展现出弗朗索瓦丝二十世纪五十年代的生活状况。我们对文学史都了然于心。一个头发散乱、具有超常天赋的小女孩是如何让人们相信她在写小说，最后真的写出了一部小说；她又如何飞快地通过几篇评论和几桩丑闻成为世界级畅销书的作者。但是，观察萨冈在日常中如何应对生活的旋涡是非常有趣的，她的所思所感、所喜所伤。弗朗索瓦丝在纽约、拉斯维加斯、耶路撒冷这些因作品宣传或长篇报道而前往的城市，在她度假的圣特罗佩或奥斯戈尔，都向她的朋友讲述那些比白天更精彩的夜晚，讲述她所见所读所经历的事，包括晒伤、宿醉和男孩，有时候还会顺便提到一些奇妙的相遇："我见到了马龙·白兰度，他有一双蓝眼睛，是个非常精明的人。"但实际上，更吸

1 达荷美共和国，前法属殖民地，1960年独立，1975年更名为贝宁人民共和国。

引人的是，可以通过这些信件了解萨冈对荣誉不以为然到何种程度，以及她如何去抱怨自己像马戏团小狗一样的日子。成功严重地改变了弗朗索瓦丝的形象，但是从未改变过她的本性。她徒劳地寻欢作乐、滑稽搞笑、傲慢无礼或思想深刻。她从未因此失去她的那份通透，从这样绝妙的话语里就可以看出：“不要担心，我并不像人们所说的那样不幸。说起那些与自己分道扬镳的人，人们总说他们是不幸的。这只是因为比起自己的失望，人们更喜欢别人的不幸。”萨冈只属于她自己。“她一直都非常清醒，”韦罗妮克·康皮翁肯定地说，“她不喜欢极度精确的时间表，记者们的那些问题，她都觉得令人不快。令人愉快的一面是金钱，因为金钱给了她可以为所欲为的可能性，让她可以邀请朋友，可以买汽车。”

年复一年，萨冈一直在飞速驾驶。“有一天，我们在米利拉弗雷，在克里斯蒂安·迪奥的旧宅，等待着导演朱尔斯·达辛[1]和女演员梅莲娜·梅尔库丽[2]的来访。他们迟到了，于是我们去接他们，然后就发生了车祸。我盆骨骨折，弗朗索瓦丝重伤。”

弗朗索瓦丝在给韦罗妮克的一封信中说：“奇迹般地逃过一死之后，普里克和普罗克在商议新的出行方式。

“普里克：我们步行怎么样，普罗克？

“普罗克（优雅地）：你说了算！把你弄得有点骨折，我觉得很不安、很难过，让我拥抱你。”

在这个我们熟悉却永远不知其终点的十字路口之后，是钯中毒、各种治疗、偏头痛、眩晕以及在那时的信里充斥的想念。普里克咬紧了牙关，但那是另外一个故事……

当人们问起韦罗妮克·康皮翁，在非常愉快的那几年里她最美好的回忆是什么，她却不想回答：“我可

1　朱尔斯·达辛（Jules Dassin, 1911—2008），犹太裔美国导演、编剧、演员、制片人，后期受麦卡锡时期好莱坞黑名单的影响而移居法国。

2　梅莲娜·梅尔库丽（Melina Mercouri, 1920—1994），希腊演员，政治家，凭借《痴汉娇娃》获得第十三届戛纳电影节最佳女演员奖。她与丈夫朱尔斯·达辛共同创办了梅利纳影片公司。

以跟您说一些事，但是明天我又会想起其他事情，我就会后悔……或者可以说，当我想起弗朗索瓦丝，我会想到一个房间，整个夜晚，没有威士忌，一夜无眠，我们对一切大聊特聊。”或许，在一张凌乱的床边。

奥利维亚·德·朗贝尔特里[1]

---

1 法国《世界时装之苑》杂志记者。

年 表

1951年6月：弗朗索瓦丝·萨冈与韦罗妮克·康皮翁相识。

1952年7月：弗朗索瓦丝·萨冈与韦罗妮克·康皮翁参加中学会考。

1952年9月：会考补考。

1952年11月：在索邦大学注册（见第15页信）。

1953年6月：弗朗索瓦丝预科考试失败。

1953年7月：弗朗索瓦丝随家人到奥斯戈尔度假。她在那里成为了母亲和姐姐开玩笑的对象。

1953年8月：弗朗索瓦丝随父亲回到巴黎，决定完成《你好，忧愁》的草稿。

1954年4月：《你好，忧愁》出版。

1954年9月：应《世界时装之苑》主编埃莱娜邀请，

弗朗索瓦丝为该刊撰写意大利旅行手册。她的长篇报道以名为《你好，那不勒斯》的文章开始。

1954 年 10 月： 弗朗索瓦丝被《世界时装之苑》派往威尼斯和卡布里。

1954 年 12 月： 与摄影师菲利普 · 沙尔庞捷一起前往贝鲁特。而后前往耶路撒冷，并撰文《我发现了耶路撒冷》（见第 35 页、第 37 页信件内容）。

1955 年 4 月到 6 月： 弗朗索瓦丝赴美宣传《你好，忧愁》，随后与姐姐苏珊娜、布鲁诺 · 莫雷尔一起去基韦斯特旅行，在那里遇到了卡森 · 麦卡勒斯和田纳西 · 威廉斯（见第 41 页、第 43 页、第 45 页和第 49 页信件内容）。

与布鲁诺 · 莫雷尔在拉斯维加斯小住（见第 55 页信件内容）。

1955 年 7 月： 在奥斯戈尔、卡雅克小住，韦罗妮克不在（见第 63 页信件内容）。

1955 年 8 月： 弗朗索瓦丝回到巴黎。

1956 年 3 月： 弗朗索瓦丝在巴黎父母家，晚上很晚出门（见第 65 页信件内容）。

1956 年 5 月： 与安娜贝尔、马格努斯在加那利群岛度假。韦罗妮克请人修理了弗朗索瓦丝的阿斯顿马丁车（见第 67 页信件内容）。

1956 年 7 月：《某种微笑》出版。

1956 年 10 月： 与作曲家米歇尔·马涅、皮特（见第 71 页、74 页、75 页信件内容）在纽约小住，而后在基韦斯特小住（见第 77 页信件内容）。

1957 年 4 月： 严重的车祸。

1957 年 5 月到 8 月： 弗朗索瓦丝在纳利的马约诊所接受治疗并产生镇定剂中毒性依赖（见第 87 页、第 89 页信件内容）。

1957 年 9 月到 10 月： 弗朗索瓦丝在加尔什到诊所戒毒（见第 93 页信件内容）而后到圣特罗佩休养。

韦罗妮克的祖父下葬（见第 97 页信件内容）。

1958 年 3 月： 弗朗索瓦丝与居伊·舒勒结婚。

1959 年 6 月：《一月后，一年后》出版。

1960 年 3 月： 弗朗索瓦丝戏剧作品《瑞典城堡》公演。

1961 年 6 月：《最美的云》出版。

167, BOULEVARD MALESHERBES
PARIS (17e)
Téléph· CARNOT 03-59

马勒塞布林荫大道167号
巴黎17区
电话CARNOT 03-59

早上九点钟！

亲爱的朋友：

我用这张迷人的信纸写信给你，不是因为我觉得你是值得的，而是因为我手边只有这张信纸。这支笔很不好用。我在出发前夜收到了你的信。祝贺你听到了阿姆斯特朗的演奏会。我要飞快地跑到索邦去。我刚刚收到德尼丝·帕凯的一封信（天知道她为什么给我写信），告诉我她要去索邦读文学预科。她终于决定了。周四当然没问题。你知道我父母、朱莉亚[1]

1 朱莉亚·拉封，夸雷兹家的女管家。

和我，我们对你的到来感到多么开心。你来的任务是吃晚饭。没什么新鲜事要告诉你，我紧挨着火炉过了十天枯燥无味的日子。我读了一百五十页《存在与虚无》，这本书非常有趣（完全没有附庸风雅），但是非常难读（丝毫不夸张）。一个重要的消息：我祖母有一张超级老的唱片，是一九二五年左右的，我在里面发现了三段小号独奏和一段爵士乐主题旋律，我觉得应该是阿姆斯特朗演奏的（刘易斯·斯通的乐队？）。周四你可以亲自判断一下。请代我向你的父母表达诚挚的问候。

周四见

弗朗索瓦丝

我希望你哥哥的婚礼一切顺利：但愿你没有放纵豪饮。请代我向新婚夫妇表达诚挚的祝福和幸福的祝愿。

弗朗索瓦丝

佩服我又给你写了回信吧？我昨晚到了这里，夜里在贝拉克，睡在拉封丹睡过的床上，那是一张充满历史感、要多硬有多硬的床。

到处都在上演《吉吉》。你想改天一起去看一下吗？

亲爱的韦罗妮克：

我带着至深的失望给你写这封信。我的家人非常讨厌或者说是极度犹豫不决，不知道什么时候回去，无论如何肯定不能在二号之前返回。所以，我没法去修道院看你，我觉得那里一定很美。我也没法“迎战”你的那些顽童兄弟，我觉得他们一定非常可爱。我没法骑上你的老马，我觉得它一定快如迅雷。我也没法和迷人的韦罗妮克重聚，这让我觉得难以忍受。就像拿破仑得知奥什登陆爱尔兰失败时所说，“我的遗憾无穷无尽”。亲爱的韦罗妮克，我真的很抱歉，你应该明白我的歉意。

各种聚会和熬夜使我现在进入了一种枯燥无味的状态，并不是精神上的无精打采、毫无兴致，你可能会用你的活力帮我从这种状态中解脱出来，或者你可能会加重我的这种状态，我不知道。但是无论如何，你的行为、你对我的思想状态的有益影响，对我曾经是巨大的帮助。唉，三声叹息。就像某个人在马里尼所说的那样，这完全是不可能的。如果你跟你妈妈说起我不尽如人意的旅居，请代我向她道歉。跟她讲讲我自己家庭的情况，她就会明白，我不能来看你并不是出于任何恶意。不管怎样，我们三个很快就会见面，三号或者四号，在埃德维热[1]动身之前。

有一天，我们在帕姆帕姆餐厅见到了帕凯，她六号之前一定会在巴黎。

曼特农学校的学生要疯玩了。

---

1 埃德维热·朗格拉斯，和韦罗妮克一样，是 1951 年会考补考时萨冈在曼特农学校认识的朋友。

再见亲爱的韦罗妮克，再次请你原谅我。

弗朗索瓦丝

在巴黎给我回信吧，那样的话你真是太好了。

167, BOULEVARD MALESHERBES
PARIS (17e)
Téléph· CARNOT 03-59

马勒塞布林荫大道 167 号
巴黎 17 区
电话 CARNOT 03-59

我亲爱的小孩：

我有一台非常棒的打字机，我无法抑制自己的渴望8988（见鬼！），要向你展示它有多么好用。[1]

我就打到这里了，因为它让我的手指很疼，这有点恼人。来信收到，我当然会很开心参加慈善义卖，特别是参加你的义卖，我喜欢这类活动。如果你需要我的帮助，我可以看管一个柜台，在独脚小圆桌上做瑜伽。总之做什么都可以，你知道我多么忠诚。

你有埃德维热的消息吗？她没考过，真是让人伤心，她会怎么做呢？顺便说一下，我考过了。我们努

1 以上原文为打字机打印体。下同。——编注

力在一号之前组织点什么活动。我这周一个人在家，你想来的时候就来我家吃午饭。来之前也要给我打个电话，因为我很忙。我吃生胡萝卜，为了晚上可以看清楚（简直太了不起了）。我在胡萝卜餐间隙学习瑜伽。总之我还是吃东西的，我也很乐意跟你分享我的食物。当然，还有埃德维热，如果她能来的话。

那么回头见。

快点给我电话。

弗朗索瓦丝

周四

亲爱的韦罗妮克：

我立刻回信给你。我们大家（丽莲[1]、保罗[2]、玛丽[3]、巴洛的兄弟们和爸爸）昨天晚饭的时候说起了你，因为你不在，我们所有人都流下泪来。德弗雷一家很失望。赛维涅也是。

这里一切都好——或者是几乎一切都好。我这段时间很努力。我希望得到的结果能配得上我的价值。（吼吼）

---

1 萨冈的婶婶。

2 萨冈的叔叔。

3 萨冈的妈妈。

我在等他们十七号到我家来。你给尚塔尔[1]回信了吗？回信吧，那样更有礼貌。而礼貌……棒极了。

昨天我和爸爸在警察局待了一个小时，为了拿到我的驾照。我二十三号十点钟会拿到驾照。我希望你也在，你可以趁此机会[……][2]

我想你父母应该不会太不高兴。总的来说这只是一件不会引起什么后果的蠢事。

我个人完全不会因此讨厌你，虽然我并没有和你一样可怜的酗酒习性。

回头见，我的老伙计，十三号（？）如果你不知去哪儿住，可以到我家来住。

速回长信。

弗朗索瓦丝

又及：向你的父母致以最美好的问候。

---

1 尚塔尔·凯尔纳瓦诺瓦。

2 原书编辑注：此处手稿不可辨认。

夸雷兹一家和德弗雷一家向你问好。

又及：周六

我刚刚见到了杰奎琳·奥黛丽[1]。

周五晚上八点，雅克、苏珊娜、我和她，我们一起吃晚饭。

你也要想办法抽时间来，这次是确定无疑的。

---

1 杰奎琳·奥黛丽（Jacqueline Audry, 1908—1977），法国导演、编剧、制片人，拍摄过许多由文学作品改编的电影。

我亲爱的韦罗妮克:

那天看到你在那张简陋的、痛苦的床上，看到你那种可怕的状态，我非常伤心。看上去这场病让你忍受了好多痛苦。照顾好你自己。不要让自己被细菌吞掉。你回家休养是非常明智的，在这种情况下，只有在家里才会感觉更好。

快点写信告诉我你的情况。我家人知道你经受这样的痛苦都非常难过，他们让我转达无限的情谊。我原本很想建议你到家里来疗养，但是玛丽的那些医学观念告诉我，这样你没法康复。特别是她那些数不胜数的已开封的小瓶子，胡乱地放在书柜上，她不停地在寻找它们正常功能以外的用途，唉。

昨天到现在没有什么事情发生，你可以想象。

昨天六点钟左右，因为我很消沉，所以打电话给J. 奥黛丽，她带我去了一家美容院的鸡尾酒会，一个黑人和白人的混血儿全裸着浸在盛满美容液的玻璃鱼缸里，非常奇怪。像是游乐场和杂耍歌舞剧场的狂欢。好吧。这些只能加深我的失望，我也告诉了J. 奥黛丽，因为我很失望，天知道为什么会这样。她告诉我可以去预科学习，谈谈恋爱，说这些都是我这个年纪该做的事。她的理性让人难以忍受。说到底，通过采取别人的态度，哪怕是一种充满想象的、抽象的、无足轻重的态度，再把他们视作悲剧式的、至少是程式化的，这样我们便可以对别人产生很大的影响。总之，这些都非常可笑。

你在北方，除了和细菌进行斗争之外，还做些什么？你读到了什么有趣的东西吗？你设法带回《弗努亚尔家族》《工兵卡蒙贝尔》，可能的话还有《以西结之眼》，这些是我很想重读的书。我仍在极度失望的情绪中，我的小说又重新进入了朱利亚尔出版社的流程。在伽利玛出版社，我也希望能够顺利。

你什么时候回来？你觉得周末能痊愈吗？我哥

哥周一或周二会去北方，如果你还在生病，他会去看你。还是努力快点恢复起来，我很想念你。

多亏了A，我又一次手上有钱了。我有一种很糟糕的情绪，以后会告诉你。我平静的心没法抗拒它。

我觉得你哥哥的未婚妻非常温柔，不是特别有趣，但是温柔。即便只是在外貌上，她也带着某种魅力。她可能是用啤酒喂大的，这赋予她一种漂亮的肤色。你妈妈真的很有风度。你对她好一点，请转达我对她充满敬意的情谊。

我亲爱的老伙计，很快见！回给我一封长信，就像我写的这么长，即便用你那种小学生的稚拙文体。

回头见。

琪琪

我的小韦罗妮克：

我立刻写这封信安慰你，因为你可能为了一个被浪费的周末而小题大做，我不知道这是否出于我的错。我要告诉你一件事，三年来我们是非常好的朋友，而如果我们闹翻了，那绝不会是我的错。我们有除了习惯以外的东西，可以避免我们产生愚蠢的龃龉。确实，你可能会觉得自己夹在你的家人和我们之间，这有些别扭。但是，目前看来，你的家人都很可爱（我们也一样），这不太好解释。我不愿意相信是因为弗洛朗丝[1]。于是我猜，因为太无聊，你为这个周

1 弗洛朗丝·马尔罗。

末想出了一个了不起的主意，而我让你失望了。如果是这样，我向你道歉。

老伙计，关于这件事，给我写封信吧，不要被困在词句或是借口里，这些话一句比一句更愚蠢。尤其是不要找借口，而是解释自己的想法，如果你没有什么好解释的，那么更好，我们再像过去那样，在见面和分开时喝一杯苏格兰威士忌，为了庆祝我们经年的友谊——对我来说也是珍贵的友谊。

回头见

弗朗索瓦丝

我的韦罗妮克：

我很久没有你的消息，也没有其他任何人的消息，因为邮件寄送非常怪异。这个国家属于人们所说的那种偏远地区且名副其实。或者，我们会以为自己身处埃斯特雷埃尔山区。

你怎么样了？我很想你。你会喜欢上我在这里过的愚蠢又快乐的生活。菲利普[1]喝酒喝得比我多，吃得比我多一点点。开车更快，我们租了一辆普利茅斯，他很疯狂，也很温柔。他二十四岁，对文学嗤之以鼻。萨冈离我很远。一切都好。我把自己照顾得很

1 菲利普·沙尔庞捷，摄影师，萨冈的情人。

好，每天早上滑水（我已经滑得很好），下午我们给雪松、驴子拍照，晚上像所有不太正常的年轻人一样，我们去喝酒、跳舞、兜风。非常完美。然而别忘记我。这个冬天不会糟糕。

你把两张唱片拿给可怜的弗洛朗丝了吗？如果你看见她，替我向她问好。我也会给她写信。米歇尔[1]在做什么？多危险的境地！我的韦罗妮克，相信我，结束冒险吧。写航空信给我，寄到贝鲁特的“圣乔治酒店”。回头见，我的老伙计，乖一点，不要太辛苦，我二十六号左右回去，可以参加尚塔尔的晚餐会。告诉她“可以”。

回头见。

弗朗索瓦丝

---

1 米歇尔·德翁。

SHEPHERD HOTEL

Mount of Olives Road

TELEPHONE 305

JERUSALEM
JORDAN

牧羊人酒店
橄榄山路
电话 305

耶路撒冷
约旦

我的韦罗妮克：

一切都好。我玩得非常开心。我希望很快就能见到你，二十五号左右。我会给你讲耶路撒冷和东方的见闻。

回头见我的老伙计，拥抱你。

琪琪

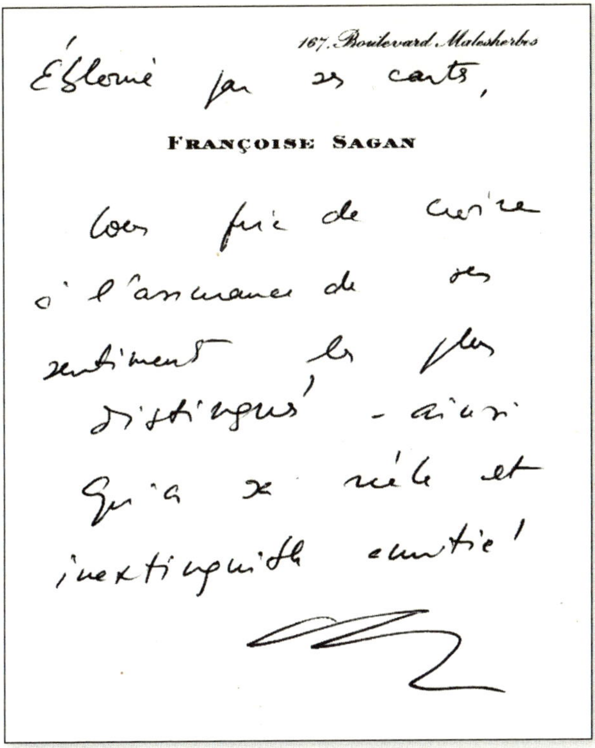
167, Boulevard Malesherbes

Éblouie par ses cartes,

FRANÇOISE SAGAN

vous prie de croire à l'assurance de ses sentiments les plus distingués - ainsi qu'à sa réelle et inextinguible amitié!

（萨冈手稿，内容为：
“通过她迷人的卡片，弗朗索瓦丝·萨冈向您致以最诚挚的问候，
请相信她最真诚的、无法抹去的友谊！”）

Hotel Pierre

NEW YORK

皮埃尔酒店
纽约

我的韦罗妮克，一切都极为令人兴奋，纽约非常、非常美，这里的人，头都很小，相当可爱。我过着一种马戏团小狗的生活，借着很多威士忌品尝着成功的滋味，但是城市极美。你会看到这些，很疯狂。我不能告诉你我是否快乐，我没有时间去了解这一点。我有一个用打字机打好的时间表，收音机在耳边聒噪，电视里播放着难以置信的蠢事，里面的人物动作都很慢（是的），有些不近人情，同样也极为勇敢。我后面会跟你解释。但我也会回来的，相信我。

速回长信，地址是皮埃尔酒店东2楼，纽约（21）第61大道。

拥抱你

琪琪

Hotel Pierre

NEW YORK

皮埃尔酒店
纽约

甜心韦罗妮克：

巴黎现在应该还是非常早，我希望没有吵醒你，因为这里已经很晚，我也非常累。我只想告诉你，我觉得你是我最好的朋友，在你的生活中，或是在我的生活中，无论发生什么，你都可以依靠我。反之亦然。

其他人都过得怎么样？

周三见

弗朗索瓦丝

THE KEY WESTER HOTEL AND COTTAGE COLONY

EVELT BOULEVARD • ON THE OCEAN • KEY WEST, FLORIDA

CHARLES HELBERG
PRESIDENT

基韦斯特酒店与农舍殖民地
佛罗里达

亲爱的韦罗妮克：

我非常高兴你五月一号寄信给我，但是一封信太少了，尤其是一封那么严肃的信。我知道你刚刚在家里度过了十天。在纽约疲惫的十天几乎把我带到了“故障”的边缘，我在十天里，白天被当作马戏团的小狗，晚上在哈莱姆区扮小丑（七十二小时没睡）。十天后我和柯莱特·伊曼[1]、布鲁诺[2]很高兴地抵达了佛罗里达，我们在这里和一辆虾红色的汽车、鲨鱼、冰箱一起演了一场真正的美国电影。总之，我晒黑了。以后我们要一起到这里来。我一号回纽约，住在公园

1 《世界时装之苑》记者。

2 布鲁诺·莫雷尔，萨冈儿时的朋友。

大道34街的范德比尔特酒店。信寄到那里。我要给你找一个接待家庭，但是我看过的家庭都很可疑。我能做的是为你杜撰一个瑞士家庭或一个因纽特家庭作为你的父母，然后指示达顿[1]（编辑），让他帮你负担各种费用。这非常简单，我是美国第二、纽约第一的畅销作家（哈哈），在美元里打滚。你住在华尔道夫宾馆、去见那些我介绍给你的小伙伴、享受自由自在，这将会是一件非常有趣的事。我们还会讨论这些。

给弗洛朗丝打电话，她会非常开心。

拥抱你，很快见。

寄自坎佩尔，爱你。给我写信。

F.

1 萨冈在美国的编辑。

“亲爱的韦罗妮克，多么精彩的一次旅行。我们很好，很兴奋，也很习惯。来自佛罗里达的热情之吻，给你”

苏珊[1]

“赤道热吻”

布鲁诺

1 弗朗索瓦兹·萨冈的姐姐。

Key West, Florida

基韦斯特，佛罗里达

韦罗妮克，你觉得这些迷人的鸟儿怎么样？这座海水浴场非常好，你也应该来一次。而且，等戏弄好，我再回来的时候也会带你来。

奥托·普雷明格来拍摄并且负责这部电影。

我要写写这些迷人的鸟儿吗？是的，它们打扰了我。

我很想念你。布鲁诺、苏珊和我，我们经常说起你。我们本可以一起在这里大笑，这真的很疯狂。

回去的时候，我们会激烈地讨论美国和我们自身，因为我有时候觉得我会失去你，会感觉我们之间有相互理解的漏洞。

但这可能是我的错，这让我觉得很苦恼。

你应该想办法和我一起去南部过上十天。

我一月初会去那里。

明天，我们会返回纽约，住在范德比尔特酒店，地址是纽约市公园大道34街。

寄信到那里，不要忘了我。

很快见。

给我写信

弗朗索瓦丝

The Sands

HIGHWAY 91 • LAS VEGAS, NEVADA • TELEPHONE 7100

91 号公路 · 拉斯维加斯 · 内华达州 · 电话 7100

我的韦罗妮克，我在赌城拉斯维加斯，在抛开轮盘赌和骰子的空闲时间里给你写信。我刚刚在这家精致的酒店的美妙的游泳池里晒了太阳。我有点夸张了。布鲁诺去了一个水坝，听说是世界上最高的水坝。他回来的时候，我会让他写几句话。这个城市你一定喜欢，我们在这里只是玩乐以及打扮成牛仔的样子。不要忘了我们六月要一起去南部旅行。

如果可以的话，我十号会到那里。寄信到纽约的皮埃尔酒店，我非常想念你。

我向你保证，会帮你来这里进行一次精彩的旅行。

弗朗索瓦丝

又及：我见到了马龙·白兰度，他有一双蓝色的眼睛，而且他非常精明。

爱你，只缺你一人。

布鲁诺

亲爱的韦力诺克[1]：

给你一封短信，告诉你天气非常好，我忍受着多处晒伤，但身心健康。说到这个，既然我可以在房间里看见海滩，在酒吧看到房间，我不知道自己是否还会发现非洲迷人的一面，无论是社会学意义上的还是异域风情方面的。几个胖胖的黑人女士，背上背着她们最小的孩子，在海滩上一边亲热地称呼我，一边向我兜售椰子。我同样亲热地称呼她们，但是拒绝了她们，因为我不喜欢椰子。你呢？等我回去的时候你告诉我。

1　此处“韦力诺克”原文为 Verinoc，将“韦罗妮克”（Véronique）名字中的字母进行了颠倒。这一称呼在通信中出现两次。——编注我回去的时候，你就会知道长篇报道赋予我每段旅行的意义，一种扣人心弦、资料翔实的意义。我希望你没做蠢事。希望你对自己的生活感到满意。在这里，在非洲广袤的天空下，我们所有的小问题似乎都是那样微小……

我回去的时候，我们会再谈论这些。在巴黎不要对任何人提起这封信，因为我没有给其他任何人写信，而人们那么善于嫉妒……好吧……

在达喀尔，有翰格威士忌却没有保龄球。不过这里有大海，却没有埃斯基纳德海边俱乐部。怎么来结尾呢？我二十五号早上回去。拥抱你，老疯子，我会在绍克给你打电话。

非洲人普里克

亲爱的韦罗妮克:

你不知道给你写封信需要花费我多大力气。这里异常炎热，我左臂用力地收缩才能支撑在桌子上，这条手臂已经被晒得发红脱皮。啊，有时候友谊对它的信徒太过苛刻了。

你什么时候来？你的考试都怎么样了？你一知道结果就给我电话。我的小韦罗妮克，你一定要来，如果你不来的话，我会无聊死的。你已经非常努力，假如哪种荒谬的霉运让你考试失利，你父母不会惩罚你，只会安慰你。如果他们不明白要怎么做，我会在《费加罗报》上写一篇文章。谢天谢地，这种可能性不会出现。

旅行非常顺利。博诺还在孕期。天气很好，我游泳，晒黑，逃开了巴洛的兄弟们，我读书，然后无所事事。对了，我读了《轻浮的牧羊女》，非常非常好看。我立刻订了《小岛卡布里》。我花钱如流水，是时候要让你来了——来帮我花钱。

玛丽有一辆摩托车，出于一种静力学的奇怪现象——出于她对离合器的理解，她停不下来了。我只能去告诉朱莉亚。在一辆摩托车后面边跑边喊“制动！把手！制动！”，真是很累人。我因奔跑和对变成孤儿的恐惧而心跳加速。

最终我的努力产生了成果：让路上的行人自己躲开吧。（你可能会从这幅弗朗索瓦丝·萨冈亲自制作的平板印刷画上认出我妈妈。）

除此之外，一切都好。你又见到了什么人吗？你知道马尔罗的病菌感染怎么样了吗？今天我会给她写信问一下这件事。

我亲爱的托托，我现在只剩下等你到来——从等你的信开始。

天气很好，我们吃龙虾。格雷汉姆车跑得像一匹小马一样。我非常想念你。

很快见

弗朗索瓦丝

又及：立刻给我回信，否则我暂时不再回信了。

我亲爱的韦力诺克：

下雨了，有点伤感。我刚刚收到你的有些忧郁的信，但是我觉得你在考试之前总会有点厌烦情绪，这不要紧，身体是最重要的。

这里除了下了几场暴风雨之外，一切都好。居伊[1]把阿尼巴尔[2]赶出了门。

加尔兄弟[3]、索菲[4]、我和居伊过着一种安静、惬意的日子。但是周三沙佐要来，周四保拉、雅克和让

1 居伊·舒勒。

2 安娜贝尔·比费。

3 雅克·加尔和弗朗索瓦·加尔。

4 索菲·利特瓦克。

要来！我没有回巴黎，因为我不想在三个人之间周旋，而现在他们都到这里来了！可怜的萨冈……总是笑比哭多的你，什么时候才来？我很想有你在这里，房子很舒适，我们在露台上赤身把皮肤晒成小麦色。

不要为未来担心，亲爱的普罗克，未来是个传说。

写信给我，来我身边。

拥抱你

F.

亲爱的韦罗妮克：

你这么早给我回信真是太好了。这里一切都好。沙尔利·莫雷尔过来和我们一起直到戛纳，这样就是我们四个快乐的人一起吃喝玩乐。

第五个人的到来令酒店走廊变得拥挤混乱。不过这也非常让人兴奋，特别是在酒吧里。你可以想象我的这种假期，然后为我祈祷吧。我们周二出发去艾克斯莱班附近蒙梅纳尔的蒙梅纳尔酒店，我希望可以在那里待上整整一周。

我希望我妈妈会请你吃一顿美味的午餐，也提前为手稿的事感谢你。别任自己沮丧下去，你没有任何严重的理由好沮丧。你可以想想博诺，或者想想像布萨尔这样的女孩子。显然，比较从不会改变什么，但是我向你保证，总有一年你会做出自己的成绩。

“早熟并不合乎期望，对于才智来说，迫不及待是一种很好的状态。”（弗朗索瓦丝·萨冈）呵呵。

我想不起来王尔德有关人们所做之恶的句子。不过，我记住了一段《三便士歌剧》的歌词，非常好听。你应该知道这段：

“最好不要

千万不要

强迫你自己的心……”

调子也很美。你是怎么看待“孤单”的？对玛丽好一点，你最体贴了。我的外祖母怎么样？我应该去和家人、大家族团聚了。

很快见，我的老伙计，给我写信到蒙梅纳尔，越快越好。

琪琪

不要让A读到这封信。

我的小韦罗妮克：

你的信让我感动流泪。

我对自己说："可怜的韦罗妮克觉得自己做了让人讨厌的事，沉浸在悔恨之中，然而她却是那么可爱，她给我和我的家人带来那么多欢笑，她把我从致死的无聊中解救出来。我却任她相信这样的事，我是有多么讨厌啊。"

总之，轮到我内心充满悔恨了。关于这件事，再写信给我。认真地说，你做得很完美。没有你，奥斯戈尔是那样阴沉。我不会忘记那些去圣让德吕兹的旅程，还有在炎热的沙滩上被海浪冲击的那些小憩。

我在巴黎度过的两天里，我爸爸很好。我八月五号开始会住在马勒塞布大街，住到开始争吵为止。我回去就立刻买一辆捷豹车，八月十五号左右去看你。我姐姐姐夫答应和我一起，但是雅克只有周日和周一有空。

琪琪

我在巴黎度过了非常动荡的三天，我会跟你细说。这里（卡雅克）天气晴朗，有时会下骤雨。我周四开格雷汉姆返程，如果它还能开的话，因为我在路上遇到了点麻烦。我会在巴黎给你打电话。在此期间，寄信给我到马勒塞布大街。很快见我亲爱的、自卑的韦罗妮克，给我写信。琪琪。

你读了最新的《竞赛画报》吗？那句“又矮又瘦”让我极为恼怒。

又及：替我问候你的父母。我要表扬你写给我妈妈的关于城堡的信。

亲爱的韦罗妮克：

你的电话让我非常高兴。

你想想，我清晨五点半刚刚踏进家门，就听见电话在响。电话在我的房间里，我想到了我爸爸会过来接电话，会看见我穿戴整齐于是斥责我。所以，我穿着大衣跳上床，钻进被子里，蒙住了脸。我跟爸爸聊了一会儿，然后我跟你聊天，我大笑着起来，脱下衣服重新上床。你什么时候回来？我这里发生了一些重要的事，并不完全是感情方面的，而是关于工作。我写到了打字稿第一百十二页，我想需要再写五十页才能完成。

杰出的文学评论家克罗德·罗伊读过了，对我说这个写得特别好。总之我非常开心，我只做了这些。唯一的烦恼是居伊（舒勒）和吕克（主人公）很像。一切都非常愉悦地混合在一起，你知道，生活高于虚构。

天知道你在哪儿，在做什么？你至少没有怀孕吧？

如果怀孕了就快回来，我可以照顾你。如果不是，也要快一些回来。我的老伙计，我异常想念你。

你会发现我变了，可能变得更有趣。小说让我得到了净化。总之回来吧，快点回来，玩笑的时间够久了！

到君士坦丁堡街来生活（我会帮你度过刚回来那几天的苦日子）。

琪琪　弗朗索瓦丝

亲爱的韦罗妮克：

谢谢你的信，我非常感动。不要担心，我并不像人们要说的那样不幸。说起那些与自己分道扬镳的人，人们总说他们是不幸的。这只是因为，比起自己的失望，人们更喜欢别人的不幸。我完全没有不幸，我和你在一起那种自然的快乐并不以某种艰苦的努力为代价。只是现在我非常厌烦，我已经给你发电报说过此事。应该预料到这些。安娜贝尔和三个人、两瓶酒在一起魅力非凡。但是现在这种极度克制的两人面对面约会，是一种可怕的蠢事。还好有一位五十岁的男同性恋，很有魅力，名叫马格努斯，极其聪明有趣。但是安娜贝尔不给我们说话的机会。我从未见过任何人像她这样，要打听如此多的信息。我每天早饭的时候，都不得不对她事无巨细地讲述一位演员的生活，或是讲讲有人说她唱歌跑音时她是如何回应的。

出乎我自己的意料，我竟因此感到非常厌烦。但是正如她自己所说，“这是我们第一次单独旅行，事实上我们从来没有单独聊过天。即使是在圣特罗佩的时候也还有阿斯特吕克”。阿斯特吕克万岁！

总之，我已经无聊透顶，这让我无法工作。虽然这部没指望的小说已经写好了十五页。唯一让我感到安慰的是你，还有我即将拥有的阿斯顿马丁车。米利万岁！你看，天气很好。但是正因如此，大家要和马格努斯一起到沙丘上去践行裸体主义。我完全不想，我讨厌在沙丘里赤身裸体，还有赤裸的安娜贝尔和马格努斯各自占据隔壁的沙丘。我觉得这样很荒诞。我在想我在这儿做什么。是的，我在读卢梭，非常非常有趣。有那么一刻你会明白他是个不折不扣的伪君子，一切就变得非常滑稽。但是你会向我承认，为了读卢梭而去加纳利群岛……如格诺笔下的士兵所说，不要做傻事。我们十八号回去。幸好十六号可以到马德里，我的领事在那里等我。给我写信到那里：菲尼克斯酒店6A，应该就可以了。我温柔地拥抱你。

普里克

亲爱的普罗克：

加纳利群岛有很多岛屿，而且没有其他地方那么冷。我们经历了无数的奇遇，你只能让伊冯娜讲给你听。你要知道，普里克的学识和普吕克的组织能力并没能让这次旅行进展顺利。得知九个月后并不会有小普罗克X加入我们……我们又兴奋又失望。

但是，算了吧，像别人说的那样，我四处散播信息。我们拜托你照管一下阿斯顿马丁车。不要做蠢事，我们已经完全忽略了“苏格兰威士忌”这个词。这里一滴也没有。

两个男同性恋；你知道我们的男人是否忠诚（我说的是尼克和莫里斯）。我们都很明智。

你有什么要对弗洛朗丝说的吗？

米利还好吗？布吕莱呢？快点给我们写信，我们拥抱你。

弗朗索瓦丝

又及：我们非常想念你

不要喝酒，不要伤心，不要太用功。
去法热医生那里看诊。

安娜贝尔

两者并不冲突。

戈雅和法热

Hotel Pierre
NEW YORK 21, N.Y.

皮埃尔酒店
纽约 21, 纽约州

亲爱的普罗克:

你的考试怎么样？给我写封信。我是一个爱好法国文学的美国年轻人。法国青年作家萨冈来到了纽约，同行的有一个叫做“麦纽”的怪人，自称是音乐家，他一个英语单词也不会说。因此，他在一位女士面前上演了可怕的一幕：他把垃圾桶当作了信箱，把他的信投进了那位女士刚刚丢香蕉皮的地方。然后，他因为没办法让电梯服务员明白他的话，甚至亲手按下2008几个数字，就是他的房号，也没能启发服务员。最终他胡乱地坐电梯到了最顶层，又从楼梯向下走了27层。在美国，这是稀奇的事。你知道，最终他筋疲力尽，很了不起。萨冈小姐非常忙碌，而且有些担心她的牙齿，我的意思是说她的某颗牙齿。田纳西·威廉斯在这里非常开心，这里的人都很友好。纽约非常非常湿热。可怜的普里克整天都被拍照、被采访甚至被拍成影片。美国媒体热衷于她的感情生活。她让媒体明白，她曾经有过一些情感经验，而这些媒体就像蜂蜜上的苍蝇。你爱谁？你有男朋友吗？他年纪比你大吗？等等。

可怜的普里克

亲爱的普罗克快点给我回信。

我们应该一起来这里，那会非常有趣。[1]

快点给我回信，有时候我真的厌烦透顶。

我拥抱你。

普里克

1　这封信到这里为止都是用英文（夹杂少许法语单词）写成，以字体进行区分。

pouvant figurer en tête de l'adresse

D... = Urgent.
AR. = Remettre contre reçu.
PC. = Accusé de réception.
RP. = Réponse payée.
TC. = Télégramme collationné.
MP. = Remettre en main propre.

XPx....... = Exprès payé.
NUIT..... = Remettre même pendant la nuit.
JOUR ... = Remettre seulement pendant le jour
OUVERT = Remettre ouvert.

Via WESTERN UNION

PSW664 WU AR NEW YORK NY 16 22 759P

BIEN ARRIVEE ENVOIE NOUVELLES

A PLIC AFFECTIONS PLIC +

PARIS-118 RUE D'AMSTERDAM

VERONIQUE CAMPION

7,RUE DE CONSTANTINOPLE PARIS 17 =

118

LE PORT EST GRATUIT Le facteur doit délivrer un récépissé à souche lorsqu'il est chargé de recouvrer une taxe

TÉLÉGRAMME : Via WESTERN UNION

（部分电报影印件，电报内容为“安全抵达 盼复信，致普里克，爱你普里克”。）

LOWER MANHATTAN SKYLINE SHOWING
BROOKLYN BRIDGE
New York City

Bons bézés
de
Quimper -
Francoise : X
Michail

（部分影印件，图中手写字迹意为
“来自坎佩尔，爱你。弗朗索瓦丝：X米夏埃尔”）

亲爱的韦罗妮克，我可能会比这封信先到，但是像人们所说，心意是好的。我在基韦斯特，彻底被晒伤了。我和马涅和皮特在一起，你还不认识皮特，但是你会认识他的，因为他十二月十五日会到巴黎，我周三早上回去，所以我不会让你担心什么，你的考试，你会通过的，你的那些烦心事，我会让它们过去。现在，别再跟我拿安娜贝尔的生活对比你的生活，那太可笑了。

我不适合旅行，我又一次确认了这一点。这里还好，特别是因为有了刚刚提到的皮特，但是开始的时候……天啊。因此我不会再旅行了，除非是跟普罗克一起，因为那将不是一场旅行，而是一系列的玩笑，就像我们每个人都知道的那样。9（每个人字母O）

我的韦罗妮克，我非常爱你。我很快回去，拥抱你。

弗朗索瓦丝·普里克·萨冈

我下本书就署名弗朗索瓦丝·P.萨冈。大家肯定以为我秘密结婚了，而实际上它的意思是普里克！哈哈哈。就这么做。

你找到乡下的房子了吗？你可是我朋友们口中的机灵鬼。

我非常喜欢你们所有人，你排在第一位，我亲爱的绝妙的老伙计普罗克。我很高兴回去。虽然皮特……你会喜欢他的。

另外，我不再喝酒了。

马涅向你转达他最亲切的问候。

他钓到了一条鲟鱼，这条鱼像公鸡那么红，他吓了一跳，我想它没死。像另一个人所说，回归线并不是利雪市。

那天下午，看着待捕的鱼群，我找到了自己的箴言："要么死去，要么摆脱。"

普里克

ELLIOTT B. MACRAE, President
JOHN P. EDMONDSON, Executive Vice-President
JOHN J. HOLWELL, Secretary-Treasurer

HARRY L. SHAW, Vice-President
WILLIAM E. LARNED, Vice-President

E.P. Dutton & Co., Inc.

300 FOURTH AVE., NEW YORK 10, N.Y.

ORCHARD 4-5900
CABLE ADDRESS: "YARDFAR", N.Y.

E.P. 达顿出版公司
第四大道 300 号，纽约 10，纽约州

1956年10月30日[1]

亲爱的弗朗索瓦丝：

你的电报在我昨晚回家后才到，今早五百美元已经汇出，你应该在收到这封信前就已经收到汇款了。听说你平安抵达基韦斯特，这非常让人高兴。我希望你的身体很好，我周六和周日又生病了，但是现在已经痊愈，我也不再紧张。实际上我还哼着歌：它从远

1　这是一封英文信。

方来，来自地狱或是失望的人那里——它从夜晚来，独自一人在街头徘徊，等等，等等，等等。我很久以前听过这首歌，我非常喜欢，很珍爱它。祝你开心、过得愉快，告诉我是否有什么事让你烦恼。

你的

艾略特 艾略特 艾略特

艾略特 艾略特 艾略特

艾略特 艾略特 艾略特

RANCHO TELVA, TAXCO, MEXICO

ON THE SUNNY SLOPES OF THE VILLAGE

墨西哥塔斯科某乡村酒店

亲爱的韦罗妮克:

如夏尔可能会问起的那样，你怎么样了?

我在墨西哥一个讨厌的小乡村里给你写信。明天我要回到墨西哥城然后到纽约然后回巴黎，在巴黎会有你热情地欢迎我。你给我寄信到皮埃尔酒店了吗?你在做什么?我疯狂地想回去。国外让我感到厌烦。巴黎万岁，维克图瓦、韦罗妮克、韦洛西提、雅克、讨厌的贝尔纳万岁。你和谁在一起?或者你只是自己在安静地学习?我觉得可能是后一个选项。我们要一起去游泳，一起去南部，一切都会很顺利。我中暑了，而且得了墨西哥痢疾。详细情况十分可怕。弗洛朗丝身体很好，我拥抱你。

我的韦罗妮克，等我，我九号就回来，我是认真的。

琪琪

亲爱的孩子：

我此刻刚刚收到你的来信。

我给你写信，是为了让你不至于觉得碰壁。

我周四中午十二点四十五分被邀请参加欧洲文化协会的一次会议，我不知道你是否对此感兴趣，但是这很好笑。出席会议的有巴罗[1]、萨特等。

好吧。

如果你不怕午饭吃得有些迟的话，两点左右和我一起在某个餐馆一起吃吧。我说的那个会议在贝勒

---

1 让-路易·巴罗（Jean-Louis Barrault, 1910—1994），法国导演、演员。

沙斯街13号举行。我觉得会议不会很长，只是圣伯夫奖的颁奖。因此如果你愿意两点左右到贝勒沙斯街18号，我会到那里跟你会合。我们两点一刻或两点半一起吃午饭，如果有工作午餐的话我可能不会太饿，但是捐助金需要一百五十法郎，这还是让我很吃惊的。如果你不想来吃饭的话，给我电话或者告诉我一声。我在那儿一直等你到三点左右。

周四见

弗朗索瓦丝

亲爱的韦罗妮克：

我正准备给你写一封充满哲学色彩的长信，这封信会让你相信我的天赋（一部分天赋），但这时候电话响了。米歇尔·德翁约我出去走走。他总是温柔又善解人意。他马上要到了，我只能明天寄这封信给你。随后会有保罗·莫朗的鸡尾酒会，我想我会在微醺的状态下写完这封信。所以我要利用现在的状态告诉你，你是我唯一一个想一直见面的朋友。人们远没有你想象的那么聪明，尤其他们的思想从来不是自由的。你却是个思想自由的人。这是一种强大的力量，我希望你能长时间地保留它。我确实是这样想的，不是在跟你唠叨。我们生活在各种限制中，就连弗兰克也有他的限制。顺便，我忘了要顺便说什么。我刚刚和德翁去喝了一杯。我们是非常要好的朋友。这让我有些吃惊，但总之还是非常愉快。你觉得弗兰克的手稿怎么样？你回来的时候，我们会举行一次盛大的知识界酩酊晚宴。我乐在其中。只是我会在前十分钟感到绝望，而你会来分担我的恐慌。

我的老伙计，我要去参加鸡尾酒会了。如果你找到了卢梭的书，就读一读，不要沮丧。人生很长。新年快乐。

弗朗索瓦丝

向家人和其他人致以温柔的问候。

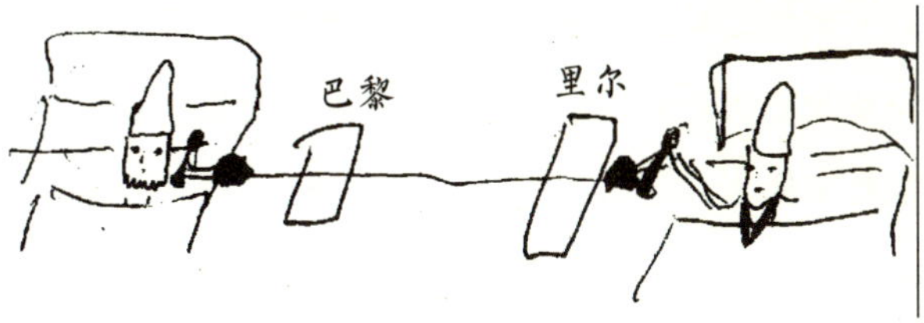

奇迹般地逃过一死之后，普里克和普罗克在商议新的出行方式。

普里克：我们步行怎么样，普罗克？

普罗克（优雅地）：好主意！

关于这一点，普里克和普罗克讨论了很多治疗臀部疾病的药方，最终回到了酊剂。

普罗克：酊剂，就是这个！

痊愈后，普里克和普罗克将会进行各种体育锻炼，以让她们僵硬的肌肉恢复柔软。

我给你写信很不容易，因为我的锁骨骨折了，我只能用手腕抬着写字，这样很累。亲爱的，我们真的运气不错。

我很想再见到你，和你一起开启我们新的蠢事。我在床上极度无聊。给我写信，没有你我觉得很无聊。让你受伤，我觉得很不安、很难过，让我拥抱你。

F.

亲爱的韦罗妮克，

你的电话打不通。

你在哪里？你在做什么？“老狼老狼几点了”？写字让我那几根可怜的发白的手指非常难受。你的来信让我非常开心，但是我受够了，受够了这间诊所。

你想想我，整整一周平躺着，什么也不能吃，要顺从那些护士和访客，而且什么也不能做。天啊，我虚弱地轻轻地喘着气——我不停地烦你，我的老伙计，原谅我吧。我周日会起床，给你寄去喂养“明星”的东西，这样就可以让你逃过我哥哥那些轻浮的举动。

很快见，我的老伙计

拥抱你，琪琪

亲爱的普罗克：

啊，日子这样漫长，希望这样疯狂。

我受够了。你呢？你有没有觉得自己无聊至极，几乎变老了？——如果我可以这么说的话。你要什么时候回来？我觉得你会比我先恢复健康。我在去利普酒吧之前还需要一个月的治疗时间。我真的害怕各种考验了。没有任何东西能比这种痛楚教给我们更少，给我们的快乐更少，让我们的智力与幽默得到的发展更少。你相信这是我们在为三年来在香榭丽舍大街夜里飙车到时速一百六十英里[1]等等行为而付出代价吗？我不认为是这样。我不相信我们会为什么付出代价。那只是比早上醒来看到鼻尖冒出一颗痘痘更糟糕的一点

1　约合 257 公里。

霉运，不值一提。我们的运气本应该让我们还站在那里，车子还在路上，它应该是那样好、那样正常、那样有用。顺便说一下，撞坏了的车子，美国人愿意用六百万买下它（参考一下詹姆斯·迪恩的保时捷）。阿斯顿愿意以半价卖给我他们的新车（时速二百八十公里）。所有这些都很让人开心。但是要等六个月（时速二百八十公里的车），时间真长。你什么时候来？有好多人来看我，让我觉得很厌烦。除了居伊和阿尼巴尔，他们是天使。当然还有雅克。对了，我嫂子也怀孕了。在家庭方面我终于有可以和你比较的事情了。雅克想到能安静六个月就觉得很开心。给我写封长信。我非常想念你。想念你，也想念巴黎，想念平常的日子。我康复之后立刻要去打脊灰疫苗。

你呢？拥抱你

普罗克

HOTEL S^T-CHRISTOPHE
MIRAMAR
PAR THÉOULE (A.-M.)
TÉL. 6 MIRAMAR

圣克里斯托夫酒店
米拉玛尔
泰晤勒海湾（A-M）
电话 6 米拉玛尔

亲爱的韦罗妮克·普罗克：

你知道，普里克想念你！——普罗克在哪里？普里克对那些有些神经病的好奇人士解释道，普罗克把她抛弃了。我在米拉玛尔，上面的信头已经向你展示了位置。

说到头，戒毒最初的错乱显现出来了：
偏头痛、眩晕、健忘等等。
普里克咬紧牙关。

参见以下图片↘

这就是普里克现在微笑的样子。很遗憾我没有红色画笔来画嘴唇，那样你就可以更容易看懂。

弗洛朗丝、齐格扎格和我很快就要重返圣特罗佩，为了让你也来，我们要进行商议。我们很信任齐格扎格天生的机敏和他父母的心态，可惜你没有婆婆。

弗洛朗丝和我很高兴，我们睡觉，把皮肤晒成棕色，我们吃得很少。我们不再大吃大喝，也不再追寻病态的激情。如果韦罗妮克也在的话，萨冈的平衡和幸福就达成了。

幸亏很快就可以了……

你尤其要继续节食。

我和弗洛朗丝说起你的时候，我们总会说到：她节食，然后重生。你知道弗洛朗丝是个多么好的参谋，她是那么聪明，那么细心，那么明智，那么敏锐（她读我的信）。

不要担心，心爱的韦罗妮克，我们很快要重逢了。我郑重地向你保证。

从绍克速回长信到圣特罗佩，我周三会在那里。

我拥抱你，亲爱的普罗克，我回头再写信。

普里克

萨冈

又及：弗洛朗丝拥抱你。

如何参加一场四天后的葬礼

1、吸烟（无论这家人和你家的亲缘关系如何），喝尊尼获加（175 毫升）。

2、穿黑色衣服。不要在墓坑里呕吐。不要用圣水刷来揉你的头。不要讲托托或是猪血肠的故事（参考马涅的经历）。

3、用一些套话安慰逝者的妈妈（例如塞翁失马焉知非福），不尝试说"跑是没有用的，最好适时离开"。

4、不要忘记把自己的侄子侄女介绍给逝者的母亲。代代延续会令人感到安慰。

5、试着想想其他的事（格拉斯的鲜花节等）。

I Je pense : | un peu | beaucoup | passionnément | pas du tout

à l'Algérie ———————————— x
à Véronique ——————— x
aux hommes — x
à mon livre ——— x
à Paola — x
à Guy — x
à l'Epi-Club ———————————— x
à Paris ———————————— x
à Chambelle (je l'ai rencontré un soir avec sa chemise rouge chez Régine) x

II Mon livre va : ~~[illegible]~~ moitié bien ~~[illegible]~~

(rayer les mentions inutiles)

III Je suis : ~~[illegible]~~ ça va - ~~[illegible]~~

IV Je rentre : ~~Plutôt~~ ~~dans 15 jours~~ ~~plus tard~~ - ne sais pas -

V Youki est : content - odieux - adorable. bronzé.

A vous lire, je vous adresse mes respectueuses salutations

Véronique Campion

7 rue de Constantinople

Ci-joint article insensé sur Alain Delon - j'ai pensé que tu aimerais -

（萨冈与韦罗妮克信件互动影印件）

I 我 有点 | 很多 | 热切地 | 完全不 想

阿尔及利亚：______________________________ ×

韦罗妮克：_______________________ ×

男人们：______ ×

我的书：_______________ ×

葆拉：_______ ×

居伊：_______ ×

EPI 俱乐部：_______________________________ ×

巴黎：_________________________________ ×

尚佩尔 ×（我某天晚上在雷吉娜家里遇到了穿着红衬衫的她）

（注：横线长度与 X 标记对应想念程度）

II 我的书卖得 ~~很好~~ 一般好 ~~不好~~

III 我是 ~~晒黑子~~ 还好 ~~很白~~

IV 我的回程 ~~很快 十五天后 更晚~~ 我不知道

V 尤里：高兴 讨厌 可爱 晒黑了

盼回信，谨致敬

韦罗妮克 · 康皮翁

君士坦丁堡街 7 号

随信附上有关阿兰 · 德隆的一篇荒谬文章，我想你会喜欢。

亲爱的小疯子：

你应该来看我。我在一座完美的房子里过着修道士一般的生活，我只怀念康皮翁8号的狂笑和敏锐的思想。

你为什么这些日子不再来了？居伊明天来，但是只待三天。这里总是下雨，我把壁炉烧得很旺。你在做什么呢？我对塞内卡尔非常恼火（他酒喝得太多了，而且把一切都看得很简单，甚至把我这样的女人也想得很简单）。

我完全没钱了。我很想念你，温柔地拥抱你。

友好的

F.

又及：有关德隆的文章是不是很精彩？

AR : Remettre contre reçu. D : Urgent. FS : Faire suivre. JOUR : Ne remettre que le jour. MP : Remettre en mains propres. NUIT : Remettre même la nuit (si le bureau d'arrivée est ouvert)	Signification des principales indications qui peuvent éventuellement ← figurer en tête d'adresse →	OUVERT : Remettre ouvert. PC : Accusé de réception. RPx : Réponse payée x francs. TC : Télégramme collationné. TÉLÉPHONE : A téléphoner à l'arrivée. XPx : Exprès payé x francs.

PARIS 118 R. D'AMSTERDAM (8e) 6 45 11-5-59

Le facteur doit délivrer un récépissé à souche lorsqu'il est chargé de recouvrer une taxe

LE PORT EST GRATUIT dans l'agglomération du bureau d'arrivée

RÉPUBLIQUE FRANÇAISE **TÉLÉGRAMME** POSTES-TÉLÉGRAPHES-TÉLÉPHONES

VERONIQUE CAMPION

7 RUEDECONSTANTINOPLE PARIS 118 =

◊<≡264187 PARIS F

CT VERONIQUE CAMPION 7

;47211C NICE F

Le télégramme est identifié à l'aide des indications portées, dans l'ordre ci-dessous, avant le texte du télégramme. L'heure de dépôt est indiquée par un nombre de quatre chiffres.

ORIGINE	NUMÉRO	NOMBRE DE MOTS	DATE DE DÉPOT	HEURE DE DÉPOT	MENTIONS DE SERVICE
NICE	00528	18	10	2115 =	

Timbre à date

T ATTENDRAI MARDI MATIN SAINTRAPHAEL STOP

TELEPHONE SINON STOP

AFFECTIONS ET RAVISSEMENT = FRANCOISE =

L'État n'est soumis à aucune responsabilité à raison de la correspondance privée par la voie télégraphique (décret n° 53-1133 du 8-10-52).

N° 701 ● Pour toute réclamation concernant ce télégramme, présenter cette formule au bureau distributeur. ●

I. S. 421326. O. VOIR AU VERSO la signification des principales indications qui peuvent éventuellement figurer en tête de l'adresse.

（部分电报影印件）

译后记

日子漫长，希望疯狂

书信这一古老文体，无论在东方还是西方，长久以来承载了无数浪漫想象。情感随书信游走在漫长的时间与遥远的空间，更在这漫长与遥远之中恣意增长。李清照的云中锦书，似是月满西楼的清辉入梦；博尔赫斯写给玛丽亚·儿玉的信中说，“那月亮不是先人亚当望见的月亮。在漫长的岁月里，守夜的人们已用古老的悲哀将她填满”。文学中令人深刻的书信，仿佛都带着触不可及的淡淡感伤。萨冈在给韦罗妮克的信中，也借阿波利奈尔的诗，感慨“日子漫长，希望疯狂”。但是在这些语言平实、情感直接甚至有些天真稚拙的信中，我们看到更多的是二十岁的萨冈在二十世纪五十年代的青春模样：对朋友的依赖、对孤独的逃避、对成功的满不在乎以及一种几乎不自知的存在主义生活态度。

“我们相识在十六岁”

这些通信始于萨冈尚未成名之时，当萨冈还是少女弗朗索瓦丝，每天想着和朋友们做些疯狂的傻事。“我们相识在 十六 岁，”韦罗妮克·康皮翁说，“我们两个都没有通过一九五一年会考的口语考试。我住在法国北部，到巴黎来参加叫做‘曼特农学校’的会考补习班，就是在那里，我和弗朗索瓦丝成了朋友。”会考失败的经历，我们可以在萨冈的成名作《你好，忧愁》主人公塞西尔的身上找到些许影子，塞西尔通过度假和恋爱来逃避失败的结果，现实中的萨冈却因补习班里遇到的好朋友而感到欢欣雀跃。她非常珍视这段友情，将韦罗妮克称为“亲爱的韦罗妮克”“甜心韦罗妮克”“我的韦罗妮克”“亲爱的小疯子”，或是直接给她一个只在两个人之间才使用的名字“普罗克”。和所有的十六岁小女孩一样，萨冈喜欢跟朋友分享自己的各种琐事，甚至琐细到累赘、啰嗦、毫无逻辑，自己却沉浸其中，不厌其烦。一张写信的纸，一支不好用的笔，似乎都是两人间无比重要的事情：

我用这张迷人的信纸写信给你，不是因为我觉得你是值得的，而是因为我手边只有这张信纸。这支笔很不好用。我在出发前夜收到了你的来信。祝贺你听到了阿姆斯特朗的演奏会。

我们在这些书信中捕捉到一个活灵活现的少女形象，天真，直率，幽默，甚至有着让人忍俊不禁的荒诞。当她拥有第一台打印机，她迫不及待地向朋友炫耀，却因为并不熟悉如何使用而打错字，且弄得自己手指疼痛，然后懊恼地放弃：

我有一台非常棒的打字机，我无法抑制自己的想法 8988（见鬼！），要向你展示它有多么好用。

我就打到这里了，因为它让我的手指很疼，这有点恼人。

在《你好，忧愁》中读到的塞西尔躲在房间里假装学习实际上在练习瑜伽的片段，也取材自萨冈的现实生活；甚至她煞有介事地向朋友介绍她的奇异食谱，也会让我们想到，十六岁的自己或许都有过轻信甚至迷信某种东西的经历：

> 我吃生胡萝卜，为了晚上可以看清楚（简直太了不起了）。我在胡萝卜餐间隙学习瑜伽。

最初的十六岁通信，让我们看到了还没有成为“小魔鬼”的萨冈在生活中的真实模样。她在书信里的行文信马由缰，不似在小说中那样简洁流畅，却带着明澈的赤诚和单纯，连对回信的渴望都说得分外认真：“回给我一封长信，就像我写的这么长。”无忧无虑、天真坦荡的少女弗朗索瓦丝有着和所有十六岁少女相同的心事，她在书信中袒露的心迹，映照着法国战后一代年轻人在二十世纪五十年代追求自由的灵魂。

“写信给我，来我身边”

当弗朗索瓦丝成了萨冈，“迷人的小魔鬼”将传奇披作面纱，这些通信见证了作家成名之初的种种经历。《你好，忧愁》出版后引起了巨大的轰动，萨冈开始配合出版社进行各种宣传活动，与此同时，《世界时装之苑》杂志看中了萨冈的商业价值，请她开启了“你好”系列的长篇旅行报道。萨冈因此到访了耶路撒冷、纽约、卡布里等城市，信件中的空间变化是萨冈彼时忙碌生活的缩影，也同时展现了成功带给萨冈的各种复杂影响。她既为新鲜城市的不同刺激感到兴奋，又为自己“马戏团小狗”一样的角色感到厌倦和烦闷。香奈儿曾坦承自己是一个“害怕沉默的沉默的人”，在跟韦罗妮克的信中，我们会发现，萨冈是一个“害怕孤独的孤独的人”。韦罗妮克把这种孤独称为一种“焦虑感”，这是五十年代存在主义式的焦虑，也是萨冈终此一生都无法摆脱的焦虑：

同一种的焦虑感也把我们联系起来。正是由于这种焦虑感，弗朗索瓦丝才会重视把每天的日程排满，才会觉得一直有人围在她的身边很重要。若非如此，她会感到厌倦。我觉得对她来说这是一种强劲的原动力，甚至也是最重要的原动力。

在她环游世界的旅行中，萨冈不断地写信，并且期望得到回信，而且是很快地得到回信。如同她小说的主人公，萨冈也选择生活在当下，以一种“轻”的姿态面对成功带来的纸醉金迷。她不停地向韦罗妮克抱怨“马戏团小狗”的生活，如同“小狗博士”用完全不同的逻辑做着算术，赢得喝彩，萨冈每天机械地回应着不同的记者的奇怪甚至刁钻的问题，她不得不把自己变得分外忙碌以填满这平行逻辑之间的巨大鸿沟。“速回长信”，是她用以抵抗当下的空虚的情感渴望。这一切都在给韦罗妮克的信中真实地表达出来：

我过着一种马戏团小狗的生活，借着很多威士忌品尝着成功的滋味，但是城市极美。你会看到这些，很疯狂。我不能告诉你我是否快乐，我没有时间去了解这一点。

也是在一次又一次的旅行中，萨冈开始认真地在信中表达对韦罗妮克的情感。这一方面是因为岁月加深了两人的默契，另一方面也因为成功让萨冈更加孤独，对这份友情更加珍视与依赖。即便在她婚后，韦罗妮克仍然是她情感世界里一个重要的存在。她信中独有的温柔与坚定，不断地希望得到更多的回应。

> 巴黎现在应该还是非常早，我希望没有吵醒你，因为这里已经很晚，我也非常累。我只想告诉你，我觉得你是我最好的朋友，在你的生活中，或是在我的生活中，无论发生什么，你都可以依靠我。反之亦然。

“写信给我，来我身边”。在成功所构建的光怪陆离的世界里，萨冈所需要的不只是文字的倾诉，还有面对面的宣泄。重读萨冈在旅程中写给韦罗妮克的信，拨开如闲话般的日常，我们看到的是年少成名的作家对虚空的当下思索与存在主义式的勇敢选择。

“给你一封短信，告诉你天气非常好”

在非洲旅行的萨冈曾写一封短信给韦罗妮克，开头说“给你一封短信，告诉你天气非常好”。这种闲来无事却又迫不及待的分享，时有快乐时有感伤，哪怕只是说说天气怎样：“下雨了，有点伤感。我刚刚收到你的有些忧郁的信……”这些不经意间提到的旧时天气和旧时心情，或许仍令耄耋之年的韦罗妮克感慨不已。

一九五七年夏天，萨冈与韦罗妮克一起经历了车祸，与死亡擦身而过。萨冈开始了漫长的治疗。她在信中抱怨，“整整一周平躺着，什么也不能吃，要顺从那些护士和访客，而且什么也不能做”，甚至觉得自己“无聊至极，几乎变老了”。但是她从不后悔，亦不把车祸归因于昔日的疯狂，在命运面前，她是一个倔强不屈的勇士，哪怕遍体鳞伤，也无法改变她对速度与激情的向往：

你相信这是我们在为三年来在香榭丽舍大街夜里飙车到时速一百六十英里等等行为而付出代价吗？我不认为是这样。我不相信我们会为什么付出代价。那只是比早上醒来看到鼻尖冒出一颗痘痘更糟糕的一点霉运，不值一提。(……)阿斯顿愿意以半价卖给我他们的新车（时速二百八十公里）。所有这些都很让人开心。但是要等六个月（时速二百八十公里的车），时间真长。

车祸之前的通信中，萨冈曾认真地思考韦罗妮克吸引她的地方。与韦罗妮克所提到的“焦虑感”不同，萨冈在韦罗妮克身上发现了可贵的“思想自由”。与其说萨冈的论断是对韦罗妮克的肯定，不如说是萨冈自身对思想自由的渴望在韦罗妮克身上得到了印证。在写给自己的墓志铭中，萨冈以“草率”和“丑闻”归纳自己的一生。所谓“草率”与“丑闻”，不过是萨冈对自由的另一种诠释与诘问。终其一生，萨冈都在以一种“轻”的姿态塑造着一个不安而渴望自由的灵魂。

我想我会在微醺的状态下写完这封信。所以我要利用现在的状态告诉你，你是我唯一一个想一直见面的朋友。人们远没有你想象的那么聪明，尤其是他们的思想从来不是自由的。你却是个思想自由的人。这是一种强大的力量，我希望你能长时间地保留它。

车祸之后的疗养中，萨冈不断地感慨日子如此漫长。自此两人的通信日渐稀少。韦罗妮克对这段友情的淡去并没有回避。似乎任何美好的情感都有消逝的一天。漫长的时日，曲折的流年，如同胡兰成笔下炒茶的农人，悠悠地嘘一声，双手把镬里的茶叶掀一掀，便足以将任何情感揉碎在亘古的时间，只留下一声“日子好长”的感叹。如果把这些书信当作两个女孩跨越十年的友情故事，我很想用信里的句子给它一个开放式的结局：

我很想再见到你，和你一起开启我们新的蠢事。

这些书信为我们重现了萨冈的五十年代，让我们见证了成名前后的少女弗朗索瓦丝的青春与自由、豪情与迷惘、疯狂与感伤，同样也勾起我们对每一个以书信为信息传递方式的遥远年代的浪漫想象。快节奏的现代生活里，即时通讯的便捷使情感变得如符号般精简而直接，或许每个人都曾幻想，在不经意间轻抚被遗忘在某个角落的泛黄的书信，任它将日子拉得缓慢悠长，让我们得以重温希望的疯狂。

见字如面，展信快乐。

日夜不散，纸短情长。

段慧敏

2022 年 10 月 13 日 于苏州九龙医院产后康复中心